夏の終わりに

冬木透子

文芸社

裏山から流れ落ちる滝の音を聞きながら、麻子は一度、京都へ行ってみようと思っていた。

麻子をふと、そんな思いに駆り立てたのは、三十数年も前の、母文江の一枚の写真を見た時からだった。

写真の中の文江は二人の男性と共に楽しそうに笑っていた。

写真の裏には「思い出、京都瑞泉寺にて」とだけ記されていた。

麻子が祖母、滝乃から出生の経緯を知らされたのは、大学の入試を終えてまもなくの頃だった。

自分が私生児であること、もちろん、父親がどこの誰であるかもわからず、文江は麻子を出産して間もなく持病の心臓が悪化して亡くなったことなど……。

両親は幼い頃亡くなったと聞かされ、何の疑問も抱かずにきただけに麻子にとっては余りにも唐突な出来事だったが、その後自分がどのようにしてそのことを乗り越えたのか、今では記憶の中に靄がかかったように遠くにかすんでいる。

十年前、東京の短大を卒業して服飾関係の会社に就職したが、毎日雑事に追われ、ただ何となく過ぎてゆく日々に嫌気がさして、三年足らずで都会の喧噪から逃れるように郷里に戻り、祖母の経営する旅館を手伝うようになって七年余の歳月が流れていた。

旅館「篠井」は木立の中にひっそりとした、たたずまいをみせていた。

この辺りには「篠井」の他にもう一軒旅館があるだけで、一年中客足が途絶えることなく、結構繁盛していた。料理は川魚と山菜が主で、特に豪勢なものはなかったが、温泉に色々な効能があるというので遠方からの客も多く、温泉に入り料理だけを食して帰る客も少なくはなかった。

また、春になると「篠井」の裏手にある丘陵地の桜が人々の目を楽しませた。

なぜ、今頃になって京都行きを思いたったのか、麻子自身にもよくわからなかったが前々から自分の内《なか》でひきずっている何かが、そういう思いにさせたのかもしれない。

麻子が瑞泉寺に電話をしたのは、一週間前の昼下がりのことだった。

三十数年前の写真のことを話し訪ねてみたいと告げると、電話の向こうの声は快く承知してくれた。

そして、午後からは比較的時間の融通がきくのでいつでもかまわないとの返事だった。突然の電話での非礼を詫び受話器を置くと、麻子はホッと安堵した。

久し振りに二日間の休暇を取り、蹴上にあるホテルに着いたのは二時近くだった。チェックインまでにはまだ少し時間があったので、麻子はフロントに荷物を預け南禅寺界隈をぶらぶらしてみようと表に出た。

十一月半ば紅葉の時期でもあり、通りはかなりの観光客で賑わっていた。

麻子は南禅寺の中門をくぐると左に折れた。その道は美術館の裏手にあり、道に沿って疏水から分かれた小さな流れが続いていた。その向かいには大きな桜の木が何本か並んでいる。麻子はふと立ち止まり、樹木を見上げながら、丘陵地の桜を思い出していた。

流れに沿ってしばらく歩くと左手に細い路地があり、そこを抜けると広い通りに出た。

ゆるやかな坂道の後方には、おもいおもいの色に染められた樹々のまばゆいばかりの光景が広がっていた。麻子は坂道を一歩一歩確かめるように進んでいった。

坂道を登りつめると、若王子橋があり哲学の道へと続いていた。道に沿って疏水がゆるやかな水面を保ちながら流れている。麻子は紅葉と水面を交互に見ながら少し歩いたが、人が多くゆっくりと紅葉を楽しむ気になれず途中から引き返すことにした。

坂道を下りながら急に喉の渇きを覚え、どこか休憩する所はないだろうかと思い辺りを見ると、前方に洋風の洒落た建物があった。

その建物の前には色彩々《いろとりどり》の花々が並べられ、麻子はその花々に誘われるように店内に足を踏み入れた。

店内はかなりの客で混雑していた。これは座れそうにないと諦めかけていると、合い席でもよかったらと奥まった席に案内された。新聞を読んでいる向かいの客の顔は見えなかった。

麻子は珈琲を注文してから椅子に背をもたせ、ゆっくりと店内を見廻した。

アンティーク調の造りで壁の至る所にドライフラワーが飾られ、テーブルの上の小さな壺風の花器には造花と見間違えそうな鮮やかな色彩《いろどり》の生花が入れられていた。

やがて、運ばれてきた濃い茶色の液体は口の中に香りを残し、渇ききった麻子の喉元をなめらかに潤し通りすぎていった。

気がつくと、店内には軽いタッチの音楽が流れていた。

暫くして向かいの客がおもむろに新聞から目を離し無造作にたたむと、伝票を手に立ち上がろうとした瞬間、バランスを崩してよろめいた。

「失礼」と、一礼してレジの方へ歩いていく男性の後ろ姿を目で追いながら、麻子は妙な気持ちにとらわれていた。

どこかで逢ったような気がする。

喫茶店を出てホテルに戻る道すがら、向かいの席にいた男性のことを考えていたが、どこで逢ったのか思いだせなかった。

フロントでチェックインの手続きを済ませ、瑞泉寺に電話をしたが、あいにく過日電話で話した住職の林道琢《はやしどうたく》は留守だった。

麻子の記憶の中に突然、太いが穏やかな響きのある道琢の声が甦ってきた。

夕食まではまだ間があった。少し横になろうとベッドに仰向けになり、白い天井をみつめている内に緊張していた気持ちが段々ほぐれ麻子はそのまま眠りにおちていった。

――白い世界は果てしなく続いていて、麻子を誘うようにぐいぐいその中に引き寄せる。文江が嬉しそうに微笑んでいる。近づこうとすると、文江の姿は段々遠ざかり、やがて、靄の中に吸い込まれていった。麻子も急いでその中に入っていこうとするが、それを遮るように大きな影が行手を阻む。文江の姿は麻子の視界から消え去った。

――お母さぁん、大声で呼んでみたが何も返っては来なかった。やがて辺りはしーんとして、大きな影は消え去り白い世界だけが広がっていた。

……どこからか響きのある音が聞こえてくる。その音が鮮明になるにつれ、麻子は白い世界から現実の世界へと引き戻された。

電話のベルがせわしげに鳴り響いている。まだぼんやりした頭のままおもむろに受話器をとると、食事の準備が整ったので階下の食堂までという案内だった。

受話器を戻した後も、ボーイの声が耳の中でワーンと響いていた。少し乱れた髪を直し、身支度を整え階下の食堂へ下りていった。

夕食はフランス料理のフルコースで、次々と運ばれてくる料理は器とのバランスがよく食欲をそそられるような盛り付けが施されていた。

メインディッシュの舌平目のムニエルやデミタスに入れられたエスプレッソ風の珈琲、デザートに出された蜂蜜のアイスクリームも、まろやかな味で胃袋を満たしてくれた。

食堂から望む庭園の樹々が、ライトアップされた中で鮮明に浮かび上がっていた。腕時計に目をやると七時過ぎだった。

瑞泉寺に電話をしなければ……。

麻子は食堂を後にした。

エレベーター付近まで来ると、丁度ドアが開き、一人の男性が足早にフロントの方へ歩いていった。

麻子はその後ろ姿に見覚えがあった。昼間、喫茶店で合い席になった男性だった。ただの偶然に過ぎないのだろうが、一日に二度も同じ男性と出会うなんて……。

麻子は昼間と同じ気持ちにとらわれた。

多分、どこかで会ったような気がしているのに思いだせないでいることが頭の中の一部を占めていたからだろう。麻子自身、何故なのだろうといささか困惑していた。

瑞泉寺に電話をすると、あの響きのある太い声が麻子の耳に伝わってきた。明日伺いたい旨を伝えると、午前中は来客の予定があるので午後からならいつでもとの返事だった。

シャワーを浴びて、滝乃に電話をしたのは九時過ぎだった。

滝乃はやっと仕事が一段落して、一息ついている所だった。

明後日は団体客の予約が入っているので、明日中には必ず帰るようにと念を押された。

矍鑠《かくしゃく》としているようでも疲れるのだろう。麻子は受話器の向こうの滝乃を気遣っていた。

電話を切り、麻子はバッグの中から例の写真をとりだし文江の両端の男性を見て、あっと息を呑んだ。

今日、偶然にも二度出会った男性がそこにいたからだ……？　いや、そんな筈はない。

三十数年も前の写真なのに……。どこかで会ったような気がしていたのは、この写真の男性だったのかもしれない。

麻子は写真をバッグにしまってからも、さだかでないことを頭の中で反芻していた。

少し冷たい風にあたろうと窓を開けると、外は街の灯と、車の往来だけがしきりだった。


瑞泉寺は南禅寺より北側に位置していた。

門を入ると、しばらく石畳の道が続いて奥まった所に建物がある。

道の両側にはよく手入れされた樹々が、今を盛りとばかりに美しい色彩《いろどり》を競い合っている。中でもやや小振りの紅葉が燃えるような真紅の色を放って見る者の目を圧倒した。

寺務所の中はひっそりしている。

呼び鈴を押すと暫くして老婦人が現れ、麻子は座敷に通された。

床の間の花器は萩だろうか、無造作に投げ入れられた花々が見事に映えていた。開け放たれた障子の向こうには、枯山水の庭が広がっている。

暫くすると、先程の老婦人が茶を運んできた。——前後して林道琢が現れた。

「やあ、待たせましたかな、林道琢です」

「初めまして篠井麻子です。この度はお言葉に甘えおじゃましました」

「いやいやお気遣いなく、ようこそお越しくだされた。どうぞ気楽にしてくだされ」

道琢は六十半ばぐらいだろうか、大柄で豪快な感じがした。あの響きのある太い声はこの体型から想像ができた。

麻子は袋から小さな包みをとりだした。

「お口にあいますかどうか、我が家で作りました山菜の佃煮と川魚の甘露煮です。どうぞ召し上がってみてください」

「これはこれは、お気遣いありがとう。今夜にでも早速、御馳走になりましょう」

道琢は今、目の前にいる麻子が遠い日の文江そのものに思えた。余りにも文江に生き写しだった。

麻子はバッグから少し変色しかけた一枚の写真を取り出し道琢に差し出した。

麻子は道琢に会った瞬間から、文江と一緒に写っている男性の一人が道琢であることを察していた。

——懐かしい写真だった。道琢の心は三十数年前のあの日に戻っていた。

——その日も丁度、紅葉が美しい時期だった。信彦が文江を伴って瑞泉寺の道琢の許を訪れたのは……。

信彦の後から控えめにというよりは、ひっそりと寄り添うように……。

紅葉の中で少しはにかむように立っていた文江はまばゆいばかりに美しかった。

この時、道琢は全身に衝撃のようなものを覚えた。——以来、道琢は未だに独身《ひとりみ》である。

文江を伴って瑞泉寺を訪れた数日後、信彦が一人でひょっこり現れ、道琢に文江と一緒に暮らすことを告げた。

久し振りに酒を酌み交わしながら、二人とも少々、饒舌になっていた。

「おい、信彦、あんなきれいな女性《ひと》を今まで隠しておくなど、お前も案外隅におけんな。どこで知り合ったんだ、正直に白状しろ！」

「隠すもなにも、紹介する機会がなかっただけだ。彼女は俺が出入りしている出版社にいたんだ、ただそれだけのことだ」

信彦は照れを隠すように、盃の酒をぐいっと飲み干した。

「こいつ、照れてやがる。さては文江さんに一目惚れだな、どうだ図星だろ」

「想像に任せるよ」

信彦に先をこされ道琢は少しやけっぱちになりながらも、親友の新しく始める生活を心から祝福していた。

二人の酒盛りは明け方近くまで続いた。

その夜、信彦は恩師でもあり、仕事の面でも色々面倒をみてもらっている松沢宗夫に、現在の下宿先でもある松沢家を離れ、独立したい旨を告げた。

松沢は大学で美術史を講じているが、その方面の権威でもある。自分の後継者には是非とも信彦をと、心密かに思っていた。

また、一人娘である稜子の婿にと望んでいたが、まだ時期尚早ということもあり、そのことについては特に触れず、信彦の独立を快諾してくれた。

まもなく、鎌倉の小じんまりとした借家での二人の生活が始まった。

信彦は時々、京都の大学に日本美術の講義に来ていたのでその都度、瑞泉寺を宿代わりにし相変わらず道琢と酒を酌み交わし、近況などを話し合いながら親交を深めていた。

また、信彦は取材で地方にたびたび出向くこともあり、文江も仕事が忙しく一ヶ月近く顔を合わすことがなくても、特に淋しいと思ったこともなく、逆にたまに逢うことが緊張感につながり互いの均衡を保っていた。

道琢も時々、信彦の在宅を確かめ二人の棲家におしかけては、美しい文江と、旨い手料理に満足して鎌倉を後にしたものである。

しかし、そんな生活も一年足らずでそう長くは続かなかった。

出版社の仕事で信彦が二ヶ月程海外に行っている間の出来事だった。

――確か、あの日は明方近くに降り出した雨が午後から急に雨足を強め、夜には土砂降りになっていた。

夜中に雨戸を叩く音で目が覚めて出てみると、ずぶ濡れになり憔悴しきった表情の信彦が立っていた。

「どうしたんだ」

「…………」

少し落ち着いた頃合いを見計らって、道琢は事の子細を問い掛けた。

信彦は黙ったまま、道琢に一通の封書を差し出した。

「いいのか」

「ああ」


余り長くはない日々ではございましたが、貴男との生活は新鮮で楽しく、私には生涯忘れられない想い出になるでしょう。

貴男の許を去る理由《わけ》を申し上げることはできませんが、どうか私を探さないで下さい。

素敵な日々を有り難う。

どうかお身体を大切に、いつまでもお幸せに。

信彦様　　文江

文面の文字は乱れた様子もなく、ただ淡々とした流れで書かれていた。

信彦には自分と文江に何が起こったのか、いまだ把握できずにいた。

それ以来、八方手を尽くして文江を探し廻ったが、依然として文江の所在はわからず、日々は過ぎていった。

その後、荒れている信彦を見ながら、いつか時が解決してくれるだろう、時を待つしかないと道琢は思った。

――数年後、信彦は恩師である松沢宗夫の一人娘、稜子を妻に迎え新しい生活が始まった。

そして、その翌年には男児が誕生した。

何があったのか、いまだ真相は藪の中だが、信彦も文江も、のたうちまわる程苦しんで自身との心の葛藤を演じたに違いない……。

今、目の前にいる麻子が、あの文江の娘であることなど道琢には信じがたいことであった。

三十数年前に信彦が文江を伴って、瑞泉寺を訪れた時の衝撃とよく似ていた。もちろん、道琢には信彦と文江のことを麻子に告げる気はなかった。

道琢は庭を眺めながら……、

「如何ですかな、京都は」

「はい、とても紅葉が美しゅうございます。何と申し上げたらよいのか、懐かしい所に来たような気がします」

「…………………」

二人の間に暫く会話が途絶え、辺りには静寂だけが漂っていた。そして、その静寂を打ち破るかのように麻子が切り出した。

「あのう、写真のことをお伺いしてもよろしいでしょうか」

「どんなことですかな」

と、答えながら道琢はいささか困っていた。

「母は何故、この寺にお伺いしたのでしょうか」

「……もうずいぶん前のことなので、はっきりとは思いだせないが……、たしか秋の庭の特集の取材とかで、小生の友人と一緒にみえたと記憶している。ほれ、一緒に写真におさまっているこの男だ」

と、道琢は座卓の上に置かれている写真の一方の男性を指した。

「この男は、小生の学生時代からの友人で、もしかしたら、貴女も名前くらいは御存知かもしれませんな。沢木信彦というかなり名の通った物書きじゃよ」

麻子には沢木信彦という名は咄嗟には思いだせなかったが、微かに記憶にある名だった。

「はっきりとは思いだせないのですが、その方の作品でしたら拝読したことがあるかもしれません」

「そうですか、貴女の母君は、その頃出版社に勤めておられたから、信彦とは仕事上の関係で同行してきたのでは……、この写真は、その時写したものだと思います」

「そうでしたか、この写真は母が大切にしていた遺品の一つだと大叔母から聞かされていたものですから、なにか特別な思い出でもあるのだろうかと私の内でずうっと気になっていたものですから……」

気のせいかもしれぬが、道琢の耳には麻子の言葉がなにかしら、安堵したようにも少し落胆してるかのようにも聞こえた。

時折、小気味よい風が開け放たれた座敷の中を通りすぎていった。

「ところで、父君は御健在かな」

「いいえ、私には父はおりません。母は私を産んでまもなく、持病の心臓が悪化して亡くなったと聞かされております」

――文江は出版社を辞めた後、滝乃の許には戻らず、叔父夫婦の許に身を寄せ麻子を出産した。その頃の文江はなにか思いつめたような様子で、余り自分のことを話したがらなかったという。

麻子は子供のいなかった大叔父夫婦に実子のように可愛がられ育てられていたが、小学校入学直前、大叔父が急逝した為、滝乃の許に引き取られたことなど、かいつまんで話した。話し終えてから麻子は少し戸惑いながら……、

「どうかお許しくださいい。初対面の方に私の生い立ちなど……、関係のない話をしてしまいました」

「いやいや、気にせんでくださいい。母君も色々ご苦労なされたのですな、それにしても貴女はあの頃の母君と実によく似ておられる。まるで瓜二つじゃ」

道琢は冷たくなった残りの茶をぐっと飲み干した。

時折、陽が翳り枯山水の庭を暗くしたかと思うと、また雲間から顔を出し樹々の色彩《いろどり》の妙を奏でていた。

「時間はまだよろしいかな」

「はい、大丈夫です」

「よろしかったら、一服いかがですかな」

「ありがとうございます。頂戴いたします」

飛び石伝いに小さな木戸を潜り、麻子は茶室に案内された。

「茶道は何かたしなまれておられるのかな」

「いいえ、特別には。不作法ではございますが、焼き物には少し興味があります」

「ほほう、それは楽しみじゃ。茶というのは自分が好きな時に気に入った器で味わうのが一番じゃ」

暫くすると、茶室内に少し湿り気のある暖かい空気が流れ、茶釜の湯がしゅんしゅんと音をたてている。道琢は流れるような動作で茶碗に湯を注ぎ、慣れた手付きで茶を点てると、麻子の前に差し出した。萩の器に抹茶の緑がよく馴染んでいた。ほろ苦い渋味とまろやかさが麻子の喉元を潤していった。

束の間、ゆったりとした時が流れていった。

「和尚」

庭の方から聞こえてくる声が、段々茶室の方に近づいてくる。

「おっ、あの声は恭介じゃな」

道琢は一人言を言いながら茶室から出ていった。

「こちらでしたか、庭の方から勝手に入りました」

「無粋な奴じゃ、美しい女人がおいでじゃというに……」

「客人でしたか、それはどうも御無礼をいたしました」

「まあ、よいわ、いつものことじゃ、まんざらお前さんに関係のない客人でもないから……」

「私の知り合いの方でも……」

「いいや、直接の知り合いではないが、まあこちらに入りなさい」

道琢は恭介を茶室に招き入れた。

「失礼します」

道琢の後に立っている青年を見て、麻子はあっと声にならない声をあげた。

昨日、偶然二度も見かけた男性だった。

「紹介しよう、こちらの御婦人は篠井麻子さん」

「初めまして、僕、沢木恭介です」

「なんじゃだしぬけに、わしが紹介しようと思っていたのに……。ほれ、麻子さん。先程の話にもでた例の写真の友人の、倅の恭介です」

麻子は間近に恭介を見て、写真の中の男性と今、目の前にいる恭介とがだぶった。昨日からずうっと心の中にあったわだかまりが、すうっと消えていくのを感じていた。

「実はな、恭介、お前さんの親父殿と麻子さんの母君は、ちょっとした知り合いでな。その息子と娘が、偶然にも共通の知り合いであるわしの許で巡り会うなど実に奇遇じゃ……」

もっとも知り合いといっても、麻子さんの母君とは一度お目に掛かっただけじゃがと付け加えた。

「恭介、あとで珍しいものを見せてやろう。どうじゃ、その前に一服」

「頂きます。あ、それからこれ父から、伊豆の土産だそうです」

恭介は道琢の前に小さな包みを差し出した。

「これはすまぬのう、それで親父殿は息災かな」

「はい、相変わらずです。今の仕事が一段落したら、一度お邪魔すると言っておりました」

麻子は二人のやりとりを聞きながら、なにかしら爽快さのようなものを感じていた。

茶室から座敷に戻ると、道琢は先程の写真を恭介に見せた。恭介もまた、写真の中の文江と目の前にいる麻子とをだぶらせていた。

一時《いっとき》、会話が弾みなごやかな時が過ぎていった。

麻子は東京に帰る恭介と京都駅まで同行することになった。

いとまを告げて帰る二人の後ろ姿を見送りながら、道琢の胸の中をふと一抹の不安がよぎった。それを遮るかのように、急に道琢の脳裏にあの日の文江の鮮やかな笑顔が浮かんで消えていった。

二人が立ち去った後に微かに甘い香りが残っていた。

麻子と肩を並べて歩きながら、恭介は先程から何となく麻子と別れ難い気持ちになっていた。麻子もまた同じ気持ちだった。

突然、恭介が切り出した。

「まだ、時間ありますか」

「ええ、少しでしたら」

「ご迷惑でなかったら、その辺でお茶でもいかがですか」

「ええ」

店内は比較的空いていた。二人は奥まった席に座ると、珈琲を注文した。

「実は私、貴方とは昨日二度もお会いしているのです。でも正確には二度お見掛けしていると言った方が正しいですわね」

「えっ、どこでですか？」

「覚えていらっしゃるかしら、この店で合い席になったのですよ。それと、もう一度はホテルのエレベーターホールでお見掛けしているんです」

「そうですか、御婦人が向かいの席にいたのは覚えているのですが、貴女だったとは気がつきませんでした」

「そうですわね、私も貴方がバランスを崩してテーブルにぶつからなければ、きっと貴方のことは覚えてなかったと思いますわ。一日に二度も同じ方に出会うなんて……偶然とはいえ、何となく気になっていたものですから、瑞泉寺でお会いした時は驚きましたわ」

「いやあ、偶然とはいえ気に掛けて頂いて光栄です」

恭介は少し照れながら言った。

お互い、とりとめのない話をしながら時は過ぎていった。


——師走も中頃にさしかかっていた。

瑞泉寺の庭木達もいっせいに短く刈り込まれ、朝日を受けて眩しそうにしている。

「おーい、道琢。いるか」

懐かしい声が木戸の方から聞こえてきた。

障子を開けると、信彦が立っていた。

だが、一瞬道琢の目に、信彦がほっそりしたように映ったのは気のせいだろうか……。

「…しばらくだな」

「うまい地酒が手に入ったので、久し振りにお前さんと一献傾けたいと思ってな」

「それはありがたい」

お互い酒を酌み交わすのは三ヶ月ぶりだった。炬燵の上では鍋がふつふつと音をたてている。地酒のなんともいえぬ妙味が、五臓六腑にしみわたっていった。

「仕事の方は忙しいのか」

「相変わらずだ。ところで、恭介からお前の所で思わぬ客人に遭遇したと聞いたが……」

「恭介はそれだけしか言わなかったのか」

「ああ」

「……そうか」

「一体、誰が来ていたのだ」

道琢は残りの酒をぐいっと飲み干すと、話を切りだした。

「実はな、文江さんの忘れ形見が現れてな」

「文江の！」

道琢の不意の言葉に、信彦の全身を驚きと衝撃がいっきに駆け抜けていった。

「文江さんに生き写しの娘じゃった。わしも一瞬、我が眼を疑ったよ。まるで文江さんが目の前にいるような気がしてなあ。とにかく三十数年も前の写真を彼女から見せられた時はどきっとしたよ」

道琢は麻子から聞いた文江が亡くなるまでの経緯を信彦に話した。

信彦の耳の奥で道琢の声が幾重にもなって響いていた。

暫く二人の間を静かな時が流れていった。

信彦の内《なか》で三十数年の歳月が消えていた。

——二人はもうかなりの盃を重ねていたが、不思議と酔いがまわらなかった。

互いに文江のことについては、それ以上触れようとはしなかった。お互い、心の内で暗黙の了解のようなものがあったのだろう。突然の麻子の出現によって、信彦の内で確かめなければならない事実があった。

「さて、そろそろ帰るとするか」

信彦は重い腰を上げた。

障子を開けると、ちらほらと白いものが舞っている。

「どうりで冷えると思ったら、雪じゃ」

二人はしばし、夜の雪を眺めていた。

道琢にいとまを告げ、信彦は瑞泉寺を後にした。

通りでタクシーを拾い、乗り込むと急に酔いがまわってきた。このまま東京の自宅に戻る気にもなれず、京都駅近くのホテルに部屋をとった。

自宅に電話をかけ横になったが、眠れそうになかった。カーテンを開けてみると、雪はさっきよりもかなり激しくなっていた。闇の向こうに文江の顔が浮かんでは消えていった。

文江は出版社を辞め、信彦の許を去った後《のち》に麻子を出産している。麻子は信彦の娘なのだろうか？　もし、それが事実だとしても……。

何故、文江は信彦の許から急に去らなければならなかったのだろうか。

信彦の内《なか》で文江は永遠にかすんだ存在だった。だが、何故麻子は三十数年も前の写真と共に瑞泉寺を訪れたのだろうか。

自分の内で何かを意識していたのではないだろうか、信彦は一度、麻子に会ってみたいと思った。いや、会わなければならないというのが事実だった。

雪は相変わらず降り続き止みそうになかった。信彦はシャワーを浴び、ビールを一本空けるとベッドに入った。

依然として、頭の中に靄がかかったまま眠りにおちていった。

新年を迎え、三箇日もあわただしく過ぎていった。

麻子にとって年初めは、毎年なんとなく気持ちが引き締まるような思いがする。今年もそれに変わりはないが、心のどこかになにか、華やいだものがあるのも事実だった。数日後に恭介に再会できることが、麻子をそうした気分にさせているのかもしれない。恭介とは瑞泉寺で会って以来、電話で話すことはあっても、お互い都合がつかずなかなか会う機会には恵まれなかった。

麻子の毎日はあわただしく過ぎていった。

——秋篠寺は奈良時代、善珠大徳僧正の開基により建立された。道の両側には、杉木立と淡緑色の苔が広がっている。

秋篠寺は奈良の寺院の中でも、恭介が最も気に入っている所だった。

今迄にも何度か訪れているが、一月にここを訪れたのは初めてだった。さすがに一月の半ばすぎとあって、人影もまばらだった。

やっと恭介に会えた安堵感と嬉しさで、麻子はさっきから少女のように胸がどきどきして頬が上気していた。

「寒くありませんか」

「ええ、大丈夫ですわ」

「この寒い時期に貴女をここにお誘いしたのは、どうしても早くお目にかけたいものがあったからです」

「私に見せたいもの？　なにかしら……」

「僕が最初に魅せられたというか、恋をしたというか……、ここを訪れる度にその想いが増していくのです」

恭介は前方を見つめたまま熱っぽく語った。本堂の前に立つと、開かれた木戸の奥で燈明がちらちらと揺れている。

揺れる炎を見つめている内に、麻子は誰かの手によってすうっと空間の中へ誘われていくような気がした。

「入りましょうか」

「……」

不意の恭介の声に麻子はふっと我に返った。本堂に足を踏み入れると、中は薄暗く燈明の炎だけがくっきりと浮かび上がって見えた。

恭介は堂内の尊像の中でも、伎芸天に特別な想いを抱いていた。

芸術の神として広く知られている天女で、その立像には遠き日の天平の夢と幽愁が秘められている。

恭介はこの天女像と向かい合う度に、その美しさに圧倒されていた。穏やかな表情と微笑みかけているような口許が全体を柔らかく包みこんで、しっとりとした美しさをかもしだしているかのように、麻子の目には映った。何度出会ってもその都度、計り知れない奥の深さとあの穏やかな表情に感動すると熱っぽく語っていた先程の恭介の言葉を麻子は思い起こしていた。機会があれば、もう一度会ってみたい天女像だと麻子は思った。

薄暗い堂内から出ると、外の明るさがまばゆい。

秋篠寺を出て近くの窯元に向かう途中、寒空の下に置き去りにされた三匹の仔猫が、道行く人々にすがりつくような鳴き声をたてているのがなんともあわれだった。

窯元では恭介と揃いの丸みを帯びた薄緑色の湯飲茶碗を求めた。

冬の一日は、できる限り長い時をわかち合いたい二人の想いなど無視するかのように容赦なく暮れていった。麻子は帰りの列車の中で車窓に映し出された自分の顔を眺めながら、恭介と別れるまでの時を心に刻みつけるように反芻していた。

なぜか、麻子の心の中に土塀の一部が崩れかけていた秋篠寺の東門と置き去りにされていた三匹の仔猫がひっかかっていた。

恭介と麻子は互いに惹かれあっていくのを感じはじめていた。

――まわりの空気が心なしか春の訪れを告げる頃、瑞泉寺の道琢の許に一枚の葉書が舞いこんだ。

簡単な時候の挨拶と共に、寒さのせいで満開の時期が少し遅くなるかもしれぬという麻子からの花見の招待状だった。

道琢はためらうことなく、信彦の自宅のダイヤルを廻していた。

一週間遅れで満開になった丘陵地の桜は今年もまた、人々の目を楽しませている。

麻子は毎朝、滝乃とこの丘陵地を散歩するのが日課になっていた。幼い頃から何度、この桜を眺めたことだろう。その都度、色々な想いで眺めたのだろうが、どんな想いで眺めたのか、今ではさだかではない。

過ぎ去ってはまた巡ってくる人々の想いとは関わりなく、まわりの景色は、そこに訪れる人々を見つめている。

「ねえ、麻子、来年もこうして一緒に桜を見られるかね」

「変なおばあちゃん、急にどうしたの？　大丈夫よ、来年もまた、その次の年もずうっと一緒にお花見ができてよ」

「そうだといいね……、こうして麻子と歩いていると、文江と歩いているような気がしてねえ」

「母さんと…」

「そう、麻子は母さんとそっくりになってきたね。まるで文江と一緒にいるような気がするよ」

そう言いながら、少し丸くなった背とゆっくりとした歩幅で歩いている滝乃の後ろ姿を見て、麻子は老いてゆく淋しさを感じずにはいられなかった。

時折、通りすぎてゆく小気味よい風が花の香を運んで来てはすぎ去っていった。

――昨夜、道琢から電話があり、連れの都合で日時の確約はできないが、二、三日内には必ずそちらに伺うのでそれまで風と一緒にどこかへ舞っていってしまわぬよう、桜によく言ってきかせて欲しいとのことだった。

電話を切った後、麻子はいかにも道琢らしい発想だと思わずふきだしてしまった。

丘陵地に朝日が射し込み、桜の美しさを一層、際だたせている。

今日も穏やかな一日になりそうだ。

その頃、信彦は能登での仕事を一日早く切り上げ、帰りの列車の中にいた。いつもなら仕事を終えた後、二、三日はゆっくりと旅を楽しむのだが、明朝、京都駅で道琢とおちあうことになっているのでそうもしていられない。

昨晩は和倉温泉で一泊し、久し振りに能登の新鮮な魚介類に舌鼓を打ち胃袋を満足させた。能登はいつ訪れても食物はもちろんのこと、まわりの空気までもが都会とは一味違うものを与えてくれた。

途中、能登部に立ち寄り妻の稜子の為に麻上布を求めた。

列車の窓から眺める風景には、能登特有の厳しさがあった。岩を噛む荒々しい波や閉鎖的な風土の中で培われた強さのようなものが、地の底からふつふつと湧き上がってくるそんな様が信彦の心を捕らえて離さなかった。移りゆく景色を眺めている内に、いつの間にか信彦はとろとろと眠りにおちていった。

――深く暗い中から押し上げてくる波のうねりのような荒々しい音が、突然おそいかかっては去ってゆく。

幾度《いくたび》か同じ状態が続いて、やがて辺り一面雪景色になった。ちらちらとおちてくる粉雪は、際限なく降り続いている。

行き場所を見失って倒錯している影がさまよっているのが見える。

影は幾重にもなり、自らの行手を阻んでいる。その影の集団はもがき苦しみ、やがて深く地の底に吸い込まれ、降りしきる雪に覆われていった。

静かにそして時には微かな起伏を経て、ろうろうとした川の流れのように歳月が過ぎていった。

——長い間、雪の下で息衝いていた影の集団は急に激しく揺れ、雪を蹴ちらし大地に飛びだした。

まばゆいばかりの光線の中で、飛び散った雪はキラキラと輝き花びらとなって影達に降り注ぎ、やがて消えていった。

深い呼吸の中で、沈黙だけが続いている。まだ微かに膜がかかった信彦の耳に、駅名を告げるアナウンスが響いていた。

自宅に戻った信彦はやや早目の夕食を済ませ、床についたがなかなか寝つかれずにいた。

瑞泉寺を訪れた際、道琢から聞かされた麻子という娘の出現はまぎれもない事実だった。以来折にふれそのことが信彦の心の中に微妙な影を落としていた。だが、信彦の中でどんなに糸をたぐりよせ、それを繋ぎあわせても、突然自分の前から姿を消してしまった文江の真意を探るのは不可能だった。

麻子という娘は、本当に自分の子なのだろうかとの疑念と、実子であって欲しい……いいや、多分そうであろうという思いが信彦の頭の中を交錯していた。

信彦の脳裏にふっと昼間の列車内での夢が甦ってきた。

枕元でコチコチと正確に時を刻んでいる時計の音が、今夜の信彦には妙に耳障りだった。うとうとしたのだろうか、急に喉の渇きを覚え枕元に置かれている水差しの水をコップに一杯飲み干すと、信彦はまた眠りにおちていった。


道琢とは近鉄線の改札口でおち合うことになっていた。

新幹線を降り約束の場所に行くと、道琢はすでに来ていて人ごみの中から信彦を目敏く見つけ軽く手を挙げている。

改札を済ませ二人は特急に乗り込むと間もなく、列車は走り出した。

道琢は早速、手持ちの袋から弁当と缶ビールを取り出した。

「朝飯、まだだろ」

「ああ」

「昨夜はよく眠れたか」

「いいや、あまり……」

「そうか、……そうだろうな。ところで何日位逗留できるんだ」

「そうだな、せいぜい二日位のものかな……、先方には連絡したのか」

「ああ、電話をしておいた、見晴らしのいい部屋を用意してくれてるそうだ」

「そうか」

二人はそのまま、黙々とビールを飲み弁当を口に運んだ。

今日訪れる「篠井」は近鉄特急松阪駅で紀勢本線下りに乗り換え、滝原駅で下車すると丁度、次駅との中間あたりに位置していた。

信彦は移りゆく景色を目で追いながら、三十数年前のことを思い出していた。

あの日、「篠井」の前に立った時、信彦は祈るような気持ちで玄関の戸を開けたのを、今でも鮮明に覚えている。だが信彦に返ってきた返事は空しいものだった。

もし、ここに戻るようなことがあれば連絡してくれるよう約束して鎌倉に帰ったが、その後何の連絡もなく、再度、不意に訪れてみたがやはり文江に逢うことはできなかった。ただ、虚脱感だけが信彦の全身をおそった。

あの時、気丈なまでに信彦に応対していた滝乃は、今でも信彦のことを覚えているのだろうか。

遠くにかすんでしまった記憶をたぐりよせながら、最後のひとくちをぐいっと飲み干すとビール独特の苦味が口の中一杯に広がった。

滝原駅に降り立ったのは十二時少し前だった。改札口を出た途端、二人は思わず立ち止まり感嘆の声をあげた。百メートル程あるだろうか、見事な桜のトンネルが続いていた。その中を時折、風で舞ってくる花弁と共に二人はゆっくりと歩いた。

通りでタクシーを拾うと、今一度通って来た道を振り返り、その光景を目にやきつけ車に乗り込んだ。

行先を告げると、車は暫く民家が建ち並ぶ中を突っきるように走り、やがて木立の中へ滑りこむように入っていった。

車窓から見える辺りの景色は、先程の桜のトンネルとはうってかわり深緑の林だった。信彦はその景色を見ながら、三十数年の時の移ろいを感じずにはいられなかった。

急に視界が開け、その向こうに建物が見える。信彦の内《なか》に懐かしさがこみあげてきた。たった二度しか訪れたことのないこの地に……。車を降りると、麻子が玄関先まで迎えに出ていた。白地に淡い紫色の小花を散らした和服姿の麻子は深緑の中で、一段と映えて二人の目には映った。

「ようこそ、いらっしゃいました」

その声に信彦は思わず息を呑んだ。

一瞬、文江がそこに立っているような錯覚におそわれた。

「どうもどうも、あつかましく年寄り二人でおしかけてまいりましたわい。お世話になります」

道琢は相変わらず、ぶっきらぼうで飾り気がない。麻子は二人に挨拶をすると、玄関の中へと招き入れた。

建物の中は少しも変わらず、昔のままだった。

「お疲れになりましたでしょう。さあどうぞ、お部屋にご案内いたします」

二人は二階の奥まった部屋に通された。

格子の引き戸を開けると、石畳の小じんまりとした土間があり、その右手には小さなつくばいが置かれ、まわりには玉砂利と数本の羊歯があしらわれていた。

畳一枚程の板の間があり襖を開けると、開け放たれた障子の向こうには丘陵地の桜が二人の眼前に広がり、まるで大きなパネル画を見ているような気がした。

「これは見事じゃ」

思わず道琢の口をついてでた言葉に、信彦も頷いていた。

「お気に召して頂けてようございました」

麻子が一通りの説明を終えた頃に、滝乃が挨拶に訪れた。

「この度はようこそおいでなさいました。どうぞ、ごゆるりとお過ごし下さいまし」

二人は滝乃に軽く会釈した。

その折、信彦は滝乃と目が合ったが別段、滝乃は表情を変える様子もなく部屋を出ていった。

麻子は滝乃が運んできた桜餅と煎茶を座卓に並べた。

「ほほう、桜餅とは……、わしの大好物です。これはここで作るのですかな」

と、言いながら道琢は早速、桜餅を口に運んでいる。

「はい、先程挨拶に参りました祖母が、毎年桜の季節になりますとお客様に召し上がって頂くのだと作っております」

「手間がかかるんでしょうな」

と、信彦も桜餅を口に運びながら麻子に話しかけた。

「ええ、朝早くから準備をするんですよ。でも祖母は楽しんで作っておりますから……、お口にあえば喜ぶと思います」

「結構な味じゃ、そうお伝えくだされ」

道琢は茶をすすりながら、満足そうに答えた。

「ありがとう存じます。あのう、昼食はいかがいたしましょう、まだお済みでなかったらご用意いたしますが……」

「よろしくお願いします」

と、信彦は静かな口調で答えた。

二人はまるで対照的だった。

暫く時間がかかるので、お湯でもどうぞと言い残して麻子は部屋から出ていった。

床の間の一輪挿しにひっそりと活けられている矢車菊が美しかった。

その夜は滝乃と麻子の計らいで、夜桜の宴となった。ライトアップされた桜の下で、敷きつめられた緋毛氈が鮮やかに照らしだされ、その上に並べられた料理も見事なものだった。酒は地酒を用意してくれていた。

にごり酒で口に含むと甘い香りが広がり、喉元をすぎる頃に辛口だとわかる妙味で、いくらでも杯を重ねられそうな酒だった。

時折、吹く風に花弁がはらはらと舞って盃に入る様はなんとも言えぬ風情があって、宴の雰囲気を一層、盛り上げていた。麻子の酌も手伝ってか、久し振りに二人ともしたたかに酔った。

信彦はこのまま酔いしれて、麻子をこの胸に抱《いだ》きたい衝動に駆られていた。多分、こんな思いに駆られたのは、麻子を通して文江を見ていたからだろう。

時々、あちこちから花見客の歓声が流れてきた。

あくる日、二人が目を覚ましたのは昼前だった。

湯に入り軽い昼食を済ませると、食事のおりに麻子から聞いた滝原宮まで足を伸ばしてみることにした。

滝原宮は伊勢神宮の別宮で、かなりの樹齢の大木が林立し神秘的な雰囲気を漂わせていた。

毎年十月には大祭（御祭《ごさい》）があり、参道の両側には多くの露店が列を連ね参拝する人々の目を楽しませ賑わう。

参道の入口で車を降り、二人はゆっくりと参道を進んでいった。

普段の日のせいもあるのだろうか、他の参拝客と行き交うことなど殆どなかった。木立の中の参道はひんやりしていて、昨晩の酒の酔いがまだ身体の中でくすぶっているのを取り除いてくれそうな気がした。

「ところで、どうなんだ、野暮な質問かもしれんが、麻子さんと会って何か感じるところがあったのか」

「感じるところとは……」

暫く二人の間に沈黙が流れた。

「それ、自分の娘かどうかという確信のようなものだ」

「……俺の口からはっきりこうだという答えをだすのは、文江が存在しない今、証明するものがない限り不可能だ。ただ言えることは、彼女が傍にいると何かを感じるんだ、口では言い表せない何かを……、身体の中を熱いものが走るというか、電流のようなものが……」

「そうか、そうだろうな、お前には酷な質問だったかもしれんな。わしの気のせいかもしれんが、どこか恭介と面差しが似ているようにも思えるのだが……、いやいや、もうよそう、全てはお前の胸三寸にあるのだから……」

道琢はそう言いながら、過日、恭介と麻子を引き合わせたことを、内心後悔しはじめていた。

時折、射し込む陽の光が神秘的な森の明暗をくっきりと分けていた。木立に囲まれた参道はずうっと先まで続いている。二人は黙々と歩き続けた。

その夜、二人は川魚と山菜をふんだんに盛り合わせた料理に舌鼓をうち、ゆったりと湯につかり心ゆくまで丘陵地の桜を堪能した。

翌日、来年の今頃、再び来訪することを約束し、「篠井」を後にした。

——昨夜来の雨がまるで嘘のようにくっきりと晴れわたり、若葉の深い緑が一段と映えて見える。

恭介と麻子は、若葉の匂いがたちこめる中にいた。

恭介の仕事の都合上、二人は京都で落ち合うことが多く、昨日も嵯峨野方面を散策し、恭介と一夜を共にした。

麻子自身、何のためらいもなく恭介に身を委ねたことに、内心驚きながらも充足感に浸っていた。

恭介は仕事柄、よく仏像や焼き物の話をしてくれる。麻子も元々、その方面には興味があったので会えば互いに話が尽きることはなかった。二人は時間の許す限り連絡をとり合い、逢瀬を重ね互いを確かめ合った。


うっとうしい梅雨の時季が過ぎると、いつもはひっそりと静かな「篠井」の周辺も、丘陵地の向こう側にあるキャンプ場を訪れる家族連れや若者達で俄かに活気づく。

キャンプ場の上手にはダムがあり、その下流には自然に出来たと伝えられる大滝峡がある。不思議とその一角だけは、まわりの喧噪とは関係なく静まりかえっている。

灰色の岩肌の所々に苔をつけ深い緑色の水を湛えている様は、神秘的な感じさえして昔と変わらぬたたずまいをそこにみせていた。

麻子は幼い頃からよくここに来ては一人の時間を過ごしたが、最近は滅多に訪れることはなく、時折宿泊客を案内して来ることがあった。

まるで何かに急き立てられるかのように、蝉時雨がスコールのように降ってくる。涼しげな朝顔がほんの一時《ひととき》、人々の心を和ませ、やがて虫の音と共に秋の気配を感じる頃、「篠井」に一枚の葉書が舞い込んだ。

——信彦からだった。


能登の重く荒々しい海を見ていると、桜花爛漫たる丘陵地の光景が思い出されます。格別のもてなしに感謝し、再び訪れんことを楽しみにしております。　能登にて

と、締めくくってあった。遅い礼状であろうか、それとも……麻子の内《なか》を何かがふっと過った。信彦が道琢と共に「篠井」を訪れた折、もう一人の写真の男性は信彦だと麻子にはわかっていた。

仕事も一段落して遅い夕食を滝乃と取りながら、麻子は信彦からの礼状のことを話した。

「おばあちゃん、この春、お見えになったお客様から礼状が届いたの」

「へえ、遅い礼状だねえ、そんなお客様も珍しいね」

「それがね、そのお客様は母さんのアルバムの中にあった写真の人なの」

「アルバムの中の……?」

「そう、前から言おうと思いながらつい……、ちょっと待ってね」

麻子は自分の部屋にとって返すと、一枚の写真を持ってきて滝乃に見せた。

「ほら、こちらの方、礼状をくださったのは……」

滝乃はその写真を食い入るように見つめていたが……、急に、

「そうだ、麻子、この人だよ、思い出した。たしか、どこかで会ったような気がして……」

「えっ、何を思い出したの」

「文江の消息を尋ねて、二度もここに来た人だよ」

「母さんの消息を尋ねて……」

「実はね一時期、麻子の父親はその人ではないかと……、でも、この写真の存在を知ったのは文江が亡くなった後のことだから、知るすべもなかった。もし、仮に問い質したとしても文江は本当のことは言わなかったろうし……、三十数年も経つと変わるものだねえ、あの時の青年だったなんて、全く気が付かなかった、年のせいかねえ……」

そう言い終えると、滝乃は一つふうっと大きなため息をつき茶をすすった。

滝乃の口から出た一言一言が、麻子の内《なか》で言いようのない戦慄となって駆け巡っていった。その夜、麻子は寝つかれずにいた。

ただ仕事仲間というだけで、二度も文江の消息を尋ねて、わざわざこんな所まで来るだろうか、麻子には信じ難かった。それと併せて、先程、滝乃の口から思いがけず出た「父親」の二文字が頭の中を駆け巡っていた。

もし、それが事実だとすれば……、いいや、そんな筈はないと否定しながらも、三十数年も前の知るすべもない事実に不安をつのらせながら、信彦の存在が麻子の内で大きくなっていった。

一方、能登から帰った信彦は、もう一人の友人で、大学病院に勤務する医師の松村靖夫の診察を受けていた。

「どうだ、俺の命はあとどれ位もつんだ」

「このところ、忙しすぎたんじゃないか、少し休養した方がよさそうだな」

「そんなに悪いのか」

「いや、そうではないが、歳も歳だから一度、一週間程度入院して検査しておいた方がいいんじゃないか」

「人間ドックってやつか」

「まあそんなところだな、病院嫌いのお前さんにしたら少し窮屈かもしれんが、外からの雑音も入らんし、かえってゆっくり休養ができるかもしれん。来週あたり個室をとっておくよ。いいな、これは医者の命令だ!!」

「いやに強引だな、だが、いい機会かもしれんな」

と、しぶしぶ承知をし、検査入院の為の手続きを済ませ信彦は病院を出た。

――陽光が眩しかった。

一瞬、たちくらみがしたが、すぐ元に戻った。ちらっと腕時計に目をやると、正午を少しすぎていたが、外で食事をする気になれず、タクシーを拾おうと足早に通りに出た。


――長雨が続き、久し振りに雲間から太陽が顔を覗かせている。

信彦は道琢の許を訪ねていた。

さっきから縁側に腰をおろし煙草をくゆらせながら、信彦はあの日、松村の口から出た一語一語を反芻していた。

「検査の結果が出たよ、単刀直入に言おう。いいか、落ち着いて聞いてくれ……、肺癌だったよ。すでに他にも転移している。手術は無理だ。あと一年持てばいいほうだ」

何かあれば告知してくれと松村に言ってあったが、ああもはっきりと現実を目の前に突きつけられると……。

頭の中が真っ白になった。もしかしたらというきらいはあったが、信彦の頭の中をあと一年という文字がぐるぐる廻っていた。

「いいか、家族には知らせないでくれ。時期をみて俺の口から話すから……、飲み過ぎで肝臓でも悪いと言っておいてくれ」

それだけ言うのが精一杯だった。

やはり、ショックだった。

病院を出た後、どこをどう歩いたのか、今でもさだかでない。

――先程まで吹いていた風が止んだのだろうか？

身体がグラッと傾いたような気がした。煙草が指間からすべり落ち、急に目の前が暗くなった。

「…………………」

庭の向こうから足音が聞こえてくる。どうやら檀家の法事から、道琢が戻ってきたらしい。

信彦は全身に気怠さを覚えながら起き上がった。軽い貧血をおこしたらしい。

「やあ、待たせたなあ」

「いや、久し振りにゆっくりさせてもらったよ」

と言いながら、信彦は自分の声が耳の中でくぐもっているのを感じていた。

その夜、道琢はいきつけの魚屋から平目のいいのが入っているというので、刺身にして届けてもらった。他に牛蒡のたたきと、里芋の煮物、天ぷら等が食卓を賑わせていた。到来物だがといって、道琢は信彦のためにとっておいた地酒をだしてくれた。

「おっ、これは豪勢だな、どれ、御馳走になるとするか」

二人は互いの盃になみなみと酒をつぐと、久し振りの再会を祝して盃を傾けた。

平目のコリッとした歯ざわりが、酒の旨味を一層ひきたたせ喉元を通りすぎてゆく。快い酔いが全身に拡がってゆく。信彦は、その夜したたかに酔った。そして、酔いしれながら、道琢に言った。

「おい、道琢坊、俺もそろそろ死支度をする年になったようだ」

「なに、死支度？　信彦お前まだ二十年は早いぞ。人生八十年だ、いいや、俺の内《なか》ではもっとだな」

「何が八十年だ、俺はもうそろそろだというお告げがあったんだ」

「お告げ……？　冗談言うな」

「冗談、冗談でこんな事が言えるか。伊達や酔狂で言ってるんじゃねえよ、後は頼んだぞ、よろしくな」

と、一瞬、真顔になり道琢を凝視した。

悪酔いしたんじゃないのかと言いながら、道琢は内心いやな予感がした。同時に昨年の冬、瑞泉寺を訪れた時のほっそりとした信彦の姿がくっきりと道琢の脳裏に浮かび上がり、今、目の前にいる信彦と重なった。

障子を開けると、湿気を含んだなまぬるい風が入ってきた。静けさと共に闇の中を時だけが、刻々と通りすぎていった。

恭介から会って欲しい女性《ひと》がいると告げられたのは、十月も終わりに近づいた昼下がりのことだった。多分、会って欲しいという女性は麻子だろう。恭介と麻子のことは、道琢からそれとはなく聞いてはいたが……。

麻子のことを思う時、その度に信彦は自分の内で何かを否定していた。否定しているというよりは、逃げているのかもしれない。そう思いながらも、来るべき時が来たという感じがしていた。

庭の片隅で萩が風に揺れている。

信彦からの礼状とも受け取れる葉書が舞い込んで以来、麻子の内《なか》で信彦の存在が大きく膨らんでいった。父親ではないだろうかという疑念が自分の内で頭をもたげ、何度否定しても打ち消すことができなかった。

それからも恭介とは何度か会ってはいるが、以前のように素直な気持ちで恭介の胸の中に飛び込んでいく気にはなれず、そんな素振りを恭介に気付かれないように、心配りをしている自分に疲れていた。

むろん、恭介はそんな麻子の胸の内を知る由もない。

嵯峨野の竹林の中を歩きながら、恭介はふと立ち止まり改まった口調で……。

「麻子さん、一度両親に会ってくれませんか。もちろん、父とは一度会っていらっしゃるとは思いますが……」

突然の恭介の申し入れに、麻子は躊躇していた。今の段階では自分の内で断る理由もみつからず……、だが、すんなり受け入れる気にもなれなかった。

「お返事、もう少し待って頂けないでしょうか」

「ええ、構いませんが、何か不都合でも……」

「いいえ、そんなんじゃないんです。改めて貴方の御両親とお会いするのですから、私なりの心の準備がまだ……」

「なんだ、そんなことですか、そんなに気を遣わなくても、僕はいつまででも待ちます」

二人の間に、暫く沈黙が流れた。

時折、竹林の中を風が通りすぎ、笹同士が触れ合ってざわめいている。

その音が麻子の胸の内でさざ波のように押し寄せては去り、それが不安に変わっていった。風が少し冷たくなってきたようだ。

「寒くないですか」

「ええ、大丈夫ですわ」

「少し早いですが、宿に戻りましょうか」

「ええ」

恭介は包み込むように麻子の肩を抱き寄せ、ゆっくり歩いた。陽が翳り始めていた。

その夜の麻子は、自身でも驚くほど乱れていた。

まるで体内から何か忌まわしいものを追い出そうとするかのように、恭介に絡みつき激しく求めた。

恭介が麻子の体内を突き抜け、激浪のごとく麻子の全身を熱いものが幾度となくうねりのように押し寄せては去っていった。今の麻子にはこの時だけが、全てを忘れさせてくれた。

枕元の灯りが滲んで見えた。

麻子は快い気怠さを全身に感じながら、静かに瞼を閉じた。隣の布団からは恭介の微かな寝息が聞こえてくる。麻子はいつしか深い眠りにおちていった。

翌日、東京に帰る恭介を見送り、麻子も帰途に就いた。

今朝からどんよりしていた空が、今にも泣きだしそうな気配でまわりの景色を包み、車窓に映っては去ってゆく。

やはり、恭介の両親とは会わなければならないと思いながらも、四月に「篠井」を訪れた時のように素直な気持ちで信彦と向かい合うのは勇気のいることだった。

だが、もう一方ではまだ信彦が自分の父親であるかどうかも確信した訳ではない。ましてや、それを証明する何かが見つかった訳でもないのに……。何をそんなにつきつめて考えているのだろう。勝手にあれこれと思いを巡らせている自分に苛立ちさえ覚えながらも、執拗にまとわりついてくる疑念を払拭することができなかった。いつの間にか降りだした雨が、車窓を濡らし雫が滴り落ちている。麻子は大きな溜め息をつき、座席に深く身を沈めた。

十一月も半ば過ぎになると丘陵地の樹々が一斉に色づき、また春とは違った趣きで人々を迎えてくれる。

ゆったりと温泉につかり、色づいた樹々の間を散策するのも、日頃の忙しさから解放され束の間の憩いになると日帰りで「篠井」を訪れる客も少なくはなかった。

麻子自身も忙しい日々に身を任せ、恭介への返事を先延ばしにしていた。と、いうよりは自分自身の内《なか》で決めかねていた。

その夜、滝乃と遅い夕食を取りながら、麻子は何気なく滝乃に問い掛けた。

「ねえ、おばあちゃん。もし、私が結婚すると言ったらどうする」

「そうだね、私も一度、麻子に聞こうと思っていたの」

「聞きたいことって……」

「去年あたりから休みをとって、ちょくちょく出掛けることがおうなってるけど、誰かいい男性《ひと》でも出来たのかい」

「えっ、さあ、どうかしら……」

「もし、ほんまにそんな男性がいるんやったら、私のことは気にせんとさっさとお嫁に行きや」

「いやね、おばあちゃんたら、もしもって言ったでしょう。当分、そんなことありそうにないわ」

「私は麻子には結婚して、母さんの分まで幸せになって欲しいと願ってる。後のことは心配せんでもどうにでもなる」

滝乃はそう言いながら、茶をすすった。

年老いた滝乃を残してどこにも行けそうにないことを承知しながらも、余計なことを口にしてしまったと麻子は後悔していた。多分、滝乃が引き止めてくれたら、恭介とのことを諦められるかもしれないと、ふと思ったのかもしれない。出来そうにもないと答えはわかっていても、そうすることで自分の気持ちを紛らわそうとしている自身が何とも嫌《いや》だった。

そうこうしている内に十二月もあっという間に過ぎ去り、気持ちの整理がつかないまま、新年を迎えた。

——暖かい元旦だった。

正月三箇日は使用人たちにもゆっくりして貰おうと休業し、旅館の中には滝乃と麻子だけのゆったりとした時が流れていた。

縁側から下駄をつっかけ、飛石伝いに庭を散策するのもたまにはいいものだ。

短く刈り込まれた植木を眺めながら、ふと、庭の片隅に眼をやると、真っ赤な実をつけた南天が麻子の目に止まった。華やかさはないが、寒空の閑散とした庭に赤い実をたわわにつけている様は、見る者の心をほっと和ませてくれる。

恭介は今頃どうしているのだろう。もう二ヶ月近く会ってない。会えない日々を数える時、麻子は身体の渇きを覚え、身も心もすっかり恭介に馴染んでいる自分を再確認していた。

――数日後、恭介から電話があった。仕事で忙しくしていたらしい。久し振りに聞く受話器の向こうの声に麻子の心は弾んでいた。

二月の半ばすぎに両親との顔合わせの為、京都の料亭を予約しておいたがどうだろうという趣と、それまでに一度会いたいという内容だった。

一月も終わりに近づいた頃、恭介の都合で奈良で落ち合うことになった。

麻子はその日、早めに「篠井」を出た。昨夜ふと、以前恭介と初めて訪れた秋篠寺をもう一度、見ておきたい衝動に駆られてのことだった。

西大寺で下車し、秋篠寺まで北西へ約一・二キロメートルの道程《みちのり》を麻子はゆっくり歩いた。

秋篠寺に一歩足を踏み入れると、昨年訪れた時の光景がはるか遠く懐かしさにも似た思いで麻子の内《なか》を過ったのは何故なのだろうか。麻子は本堂に向かって、杉木立の中を歩いていた。木立の中の薄緑色の苔は以前と変わらず、時折、木漏れ陽を受けて輝いている。寒さのせいもあるのだろうか、人影もまばらでまわりの空気までもが冷たく感じられた。本堂の前に立つと、木戸の向こうでゆらゆらと微かに揺れ動く燈明が、暗い空間の中で踊っていた。

麻子は一歩一歩確かめるような足取りで、本堂の中へ入って行った。薄暗い光の中で伎芸天だけが、麻子を捕《と》らえて離さなかった。静かに閉じた瞼の奥で何を視《み》ているのだろうか。今にも笑みがこぼれそうな口許と顎の緩《ゆる》やかな曲線がゆったりとした面差しをかもしだし、何者をも優しく包みこんでしまいそうな姿が麻子を魅了していた。

――うたかたの夢の名残を我しみじみと顧《かえり》みてすぎし日を懐かしむ。

そんな思いが不意に麻子の胸の中を過っていった。

外に出ると、雪が舞っていた。

ふわふわと柔らかなかたまりが、麻子の襟足や肩を優しく撫でるように落ちてくる。そっと手を差し出すと、掌にふわっと舞い降りては消えてゆく。麻子はふと足を止め、空を見上げると牡丹雪だわと呟いた。

厳しい冬空の下《もと》で白木蓮の固い蕾が、やがて訪れる春をじっと待っている様がなんとも健気に麻子の目には映った。

通りに出てタクシーを拾い、行先を告げると緊張していた糸がプツンと切れたような気がした。麻子は静かに目を閉じた。瞼の裏に伎芸天が鮮やかに甦ってきた。

――もしかしたら、私は伎芸天の中に母の面影を追い求めていたのかも……。

思えば昨年、参道に捨てられていた仔猫は行き場所を見失った今の自分なのかもしれないと、言葉にならない思いが麻子の内を巡っていた。

約束の時間まで、まだ間があったので、タクシーを降りると、昼食を取るためレストランに入った。

時分どきで店内は少し混んでいたが、丁度、庭に面した席が空いていた。麻子は軽いものを注文した。

外は先程よりも激しく雪が舞っていた。このままだと積もるかもしれない。

暫くすると、暖房のせいなのか、それとも人いきれのせいなのか、麻子は急に喉の渇きを覚えグラスの水を一気に飲み干した。しみ入るような冷たさが喉元を通りすぎていった。

雪は止みそうになかった。

麻子は約束の場所に三十分前に着いた。——恭介はまだ来ていなかった。

案内された部屋は日本風の落ちついた造りで、硝子戸ごしに庭が眺められた。床の間には志野だろうか、寒椿が一枝投げ入れられていた。

麻子は鏡台の前に座ると、化粧を直し髪を撫でつけた。鏡の中の麻子の頬は少し上気していた。

ソファに身を任せ、麻子はいつしか眠りに落ちていった。

——まっすぐにどこまでも続く白い道を、麻子は歩いている。ふと、立ち止まり振り返ると、今来た道が消え去り靄だけがかかっている。

何かが麻子を急かすように、背後からせまってくる。麻子の歩幅が、だんだん速くなってゆく。行手に何か人影らしき者を捕らえた瞬間、足がもつれ誰かに引き倒されたような気がした。

「……麻子さん、麻子さん」

声が高くなるにつれ、周りの靄が薄くなり、だんだん視界が広がってゆく。

「麻子さん、大丈夫ですか」

麻子の眼に、ぼんやりと人影らしきものが映っている。その輪郭を捕らえるのに、そう長くはかからなかった。

「……恭介さん」

気がつくと、恭介の手が麻子の両肩におかれていた。

「怖い夢でも見たのですか、少しうなされていたようですが……」

「ごめんなさい、私いつのまにか眠ってしまったみたい」

「ノックしたのですが返事がないので、フロントに頼んでドアを開けて貰ったんです」

「少し早く着いたので、ほっとしたのかもしれないわ、本当にごめんなさい。……やっと

めた。

会えたのね」

麻子は恭介の胸にそっと顔をうずめた。恭介はそんな麻子を、いとおしむように抱きしめた。

雪はさっきよりもさらに激しくなって、庭木は白い薄化粧を始めていた。

「積もりそうだな、この分だと佐紀路の散歩は無理ですね」

「楽しみにしてたのに……残念だわ。でも雪で視界が覆われて、その中に恭介さんと二人っきりなんて、なんだか素敵だわ」

麻子は庭を眺めている恭介によりかかり、少し悪戯っぽい眼をして恭介を見上げた。

「麻子さんはまるで駄々っ子のようだ」

二人はそのまま、しばらく降りしきる雪を眺めていた。

「珈琲でも飲みにいきませんか」

「ええ」

二人は一階にある喫茶店に入った。庭に面したフロアを利用し、ゆったりとした空間に洒落たデザインのテーブルと椅子が、よく調和していた。

今、こうして恭介と向き合っているだけで、麻子は幸せだった。

恭介は仕事上、よく地方に出掛ける。その都度、余暇をみつけてはその土地の寺々を廻り、色々な仏像と出会うのが楽しみでその途中、気に入った焼き物などに出会ったりすると、フリーライターという職業もまんざらでもないと一人悦に入《い》るらしい。今は石仏に興味があって、出会う度にカメラのシャッターを切っているらしい。

恭介は旨そうに珈琲を啜りながら、屈託のない笑顔で麻子に話しかける。

「今度、機会があれば僕の名カメラマンぶりを披露しますよ」

「楽しみにしてるわ。でも、石仏って全く一緒の表情をしているのなんて一体もないんでしょうね」

「もちろん、石仏だからといって皆、穏やかな表情ばかりしているとは限らないし、中には仏頂面をしてるのもあるかもしれない。尤も僕はまだ一度もお目にかかった事はありませんがね」

「本当にそんな仏様があるのかしら……」

麻子は大真面目で恭介に問いかけた。

「冗談ですよ、麻子さんはすぐ本気にするんだから……」

「まあ恭介さんたら、意地悪ね」

二人は互いの顔を見て、今にも吹き出しそうになるのを我慢していた。

悟りをひらいた穏やかな表情の仏様もあれば仏頂面をした仏様も、それはそれでよいではないか。でも、それは我々人間世界の考えであって、あの世では通用しないのかもしれないと、麻子はとりとめのないことを考えていた。

「何を考えているのですか」

「えっ、いいえ別に、……秘密」

「僕に隠し事をするなんて、悪い女性《ひと》だ。後で、ゆっくり白状させてあげますから……」

静かな音楽と共に、二人の間をゆったりとした時が流れていった。

麻子は一人で秋篠寺を訪れた事を、恭介に言わなかった。口にすれば自分の内《なか》の何かがぐらつきそうになる。いつか滝乃が口にした信彦が麻子の父親ではないかという疑念が、麻子の心を苛んでいるのも事実だったが、それ以上に恭介を慕う気持ちの方が強く麻子の内で先行しているのも事実だった。

なんの前ぶれもなく降りだした雪のせいで、二人だけの濃密な時間が過ぎていった。恭介の指の動きに幾度となく反応しながら、麻子は押し寄せてくる波の中に溶けていった。やがて波が穏やかになった時、麻子は恭介の腕の中で胸の鼓動を聞きながら、このまま泡になって消えてしまいたいと思った。しかし麻子の思いとは別に時だけが正確に流れていった。

翌朝、ルームサービスの朝食を取りながら、どちらからともなく道琢のことが話題になった。

「そういえば、和尚様とは昨年の花見以来、お目にかかってないわ。一度お会いしたいわ」

「同感です。僕も和尚とは随分会ってないいな」

麻子は道琢が、山菜や川魚の佃煮が酒の肴にうってつけだと気に入っていた様子だったので、昨年の暮れに送っておいた。

　道琢とはその折、電話で話したきりだった。

「二月に押し掛けてみましょうか、何事かと驚きますよ。きっと……」

「和尚様は、私達のことは何も御存知ではないのでしょう」

「いいや、全く知らないということはないと思います。坊主の勘とでもいうか、うすうすは勘付いてはいるようですが……」

「まあ恭介さんたら、坊主の勘だなんて……、ひどい仰りかた」

「ハッハハ、和尚今頃、嚔《くしゃみ》してますよ。何か気になることでも……」

「いいえ、別に」

　恭介の仕事の都合で、昼前に二人は京都駅で別れた。帰りの列車に乗り込むと、車内は比較的空いていて、麻子は窓際の席に腰を下ろした。

　昨日とはうってかわり、外は青空が広がり、時折眩しいくらいの陽光が射し込んでくる。外の明るさとは反対に、麻子の心は重かった。

東京の信彦の自宅では、夕食迄にはまだ間があるひと時を、信彦は妻の稜子と茶をすすりながら庭を眺めていた。

「貴方とこうしてゆっくりとお茶を頂くのは、久し振りのような気がするわ」

「そうかな、そうかもしれないな」

「ねえ、今度お会いする篠井麻子さんて、どんな方ですの」

「なんだ、恭介から何も聞いてないのか」

「ええ、お名前だけしか、他には何も……」

「相変わらずだな、恭介も……まあ会えばわかるさ」

「そういうところは、貴方の若い頃にそっくりだわ」

「そうか……」

と、稜子の問いかけに答えながら、信彦の眼は遠くを見つめていた。

庭では白い固い蕾をつけた梅とは対照的に、寒椿が鮮やかな赤い花を咲かせていた。まるで、小春日和のような長閑な昼下がりだった。

だが、お互い口には出せない思いが、胸の内で膨らんでいるのも事実だった。

夕方近く、恭介から遅くなるので夕食はいらないと電話があった。早めの夕食を済ませ、少し調べ物があると書斎に引きこもった信彦に、頃合いを見計らって茶を出し、稜子は先に床についた。

信彦と一緒になって以来、特に波風をたてることもなく平穏な日々を送ってきた稜子だったが、時折、胸の内を暗い影が過った。日々の生活が幸せだと強く感じる程、その影が大きくなって稜子の内でゆらゆらと揺れていた。

尤も、いつになく心穏やかでなくなったのは、恭介の口から篠井麻子という名を告げられてからのことだった。

稜子は眠れないまま、さっきから篠井麻子という名を何度も反芻していた。その度に同じ姓はいくらでもあると、自分の内にある不安を打ち消していた。

暗がりの中で、今迄信彦と過ごしてきた長い日々を辿っていた。

一方、信彦は書斎の椅子に腰かけたまま、腕を組みじっと眼を閉じて、自分を納得させるかのように来るべきものが来たのだと言いきかせていた。

だが、麻子の出現を道琢から聞かされて以来、信彦自身どうしたらいいのか先が見えなかった。ただ、どうしようもない現実だけが、刻一刻と家族の上に舞い降りていることは紛れもない事実だった。


——いつもより早く目覚めた麻子は、まだ冷気が冷めやらぬ庭に出てみると、降り積もった雪の間から水仙が顔を出し、早春の香りを漂わせていた。

二月に入ると、気が重い麻子の思いとは別に、約束の日はあっという間に訪れた。

麻子は三条京阪で電車を降り、まだ底冷えのきつい鴨川沿いを北に向かってゆっくりと歩いていった。

まだ約束の時間迄には間があった。少し自分の内《なか》で気持ちの整理をつけておかなければという思いに駆られて、ただ歩き続けた。

普段の日とまだ午前中という時間帯のせいもあって、行き交う人もまばらで、水鳥達ものんびりと水面に浮かんでいるように麻子の眼には映った。

もし信彦が、以前麻子が瑞泉寺を訪れた時のことを道琢から聞かされていたら……。いいや、信彦は多分聞かされているに違いない。

祖母や母のことも承知の上で信彦は、あの日道琢と共に「篠井」を訪れたのだろうか。「篠井」に滞在中も道琢とは対照的にゆったりと構えていて、相手が入りこむ隙さえ与えなかった。むしろ後で思えば、そのことの方が不自然なように今の麻子には思えた。

だが、三十数年も前の出来事だとしたら、その頃の思いなど信彦の内《なか》で、とうに風化してしまったのかもしれない。そこに、かつて愛し合った女性《ひと》の娘が現れたら……。

麻子を身籠る以前、文江の生活は麻子の内《なか》で依然としてベールに包まれていた。いつだったか、文江が勤めていたという出版社に問い合わせてみたが、その頃の同僚は在職しておらず様変わりした様子で、麻子は時の流れだけを痛感せずにはいられなかった。

時折、吹きつけてくる冷たい風は、麻子の頬や襟足を刺して通りすぎていった。

約束の場所は竹林に囲まれるような形で建てられていた。麻子は茅葺きの門を潜り、竹林の中をゆっくり進んでいった。

紺地に薄紅色の小花をあしらった袷に萌黄色の道行きが竹林の中でよく映えていた。

玄関に入ると、中庭伝いに茶室に案内された。途中、つくばいに浮かんでいる寒椿が張りつめた麻子の心を和ませてくれた。

茶室では、炉の上で釜がしゅんしゅんと音をたてている。

恭介達はまだのようだった。

肩かけを取り道行きを脱ぐと、少し身軽になったような気がした。釜から立ち上《のぼ》る湯気の湿り気が、麻子の全身を柔らかく包みこんでほっとした気分にさせてくれた。小振りの備前に侘助がよく似合っていた。ほんの束の間、ゆったりとした時間が流れていった。

庭の方から話し声が聞こえてくる。どうやら、恭介達のようだ。麻子は急いで庭におり出迎えた。

時折、風で笹同士が触れ合ってざわめいている。

稜子は麻子の姿を捕らえた瞬間、足が竦んだ。過日、信彦が「篠井」を訪れた時と同様、紛れもなく文江がそこに立っているように思えたからだ。

稜子の全身を衝撃とも戦慄ともつかぬものが通り抜けていった。やはり、いちばん恐れていた事が今、現実となって目の前に横たわっていた。

「やあ、待った？」

「いいえ、ほんの少し」

茶室に入ると、型どおりの挨拶を交わし、主人が点ててくれた濃いめの茶を味わい、会食の運びとなった。

別棟に設けられた会席での料理は、どれも薄味だがほどよく味がしみていて美味しい。何よりも器と料理がよく調和していて、食する者の眼を楽しませてくれた。会食は和やかなうちに終わった。

こうして並んでみると、どちらかといえば恭介は父親似だった。母親の稜子はおっとりとしたタイプの女性だった。

先程から信彦と恭介は、焼き物について論じ合っている。茶をすすりながら、二人の会話に耳を傾けている麻子に稜子が声をかけた。

「少し庭を歩いてみませんか。この二人が話しだすと暫く終わりそうにありませんから……」

二月の庭は冷たい空気だけが張りつめているように思えた。短く刈り込まれた植木はひたすら寒さに耐えているかのように、見る者の眼には映った。庭の中程にある小さな池では、余り寒さとは関係なさそうに色々な模様の鯉が所狭しと泳いでいる。

唯一、この寂しげな庭に色彩《いろどり》を添えているのは寒椿の赤い色くらいのものだ。

他に人の姿はなかった。

稜子はさりげなく平静さを装っていたが、心の内は波立っていた。

「寒くないかしら、大丈夫？」

「はい」

「恭介ったら、貴女のことちっとも話してくれなくて。昨晩、初めて少し話してくれたの。

本当にのんびりやさんなんだから……」

こんな場合、どう受け答えすればいいのだろうか。麻子は自分の内で言葉を探していたが、適当な言葉がみつからなかった。暫く二人の間に沈黙が流れた。

やがて、稜子が麻子の表情を窺うように話し掛けた。

「麻子さん、早くにお母様を亡くされたんですってね。それでお父様は……」

「私には父はおりません。母は東京の出版社に勤めていたそうですが、急にそこを辞めて郷里の叔父夫婦の許に身を寄せ、私を産んでまもなく、持病の心臓が悪化して亡くなったと聞かされております」

「そう、そんなに早くに……。淋しい思いをされたのでしょうね。ごめんなさい、いけないことを聞いてしまったわね」

「いいえ、でも、巡り合わせって不思議ですわ。その母の遺品の中の一枚の写真から恭介さんと出会うことになったのですから……」

「恭介とはどこで……」

「正確には京都の瑞泉寺で」

「まあ、道琢さんのところで……、そうだったの」

麻子はアルバムにあった一枚の写真と、恭介に出会うまでの経緯をかいつまんで稜子に話した。

話を聞き終えた稜子は、全身から血の気が引いていくのを感じていた。

どれ位二人は庭にいたのだろうか。足元からじわじわと冷え込んできた。

どちらからともなく、互いを促すように部屋に戻った。

「ゆっくりした散策だったね、風邪をひかないといいが……」

と、信彦が重い口をひらいた。

「同感、これから熱い珈琲でも飲みに行きましょう」

恭介は一同を急き立てるように席を立った。外に出ると、風に混じって白いものがちらほらと舞っていた。

――喫茶店を出て、まっすぐ自宅に戻る信彦達と別れた恭介と麻子は瑞泉寺の道琢の許へ向かった。

タクシーに乗り込むと、恭介はほっとしたような表情をしていた。

「疲れたでしょう」

「ええ、少し、お母様とは初対面だから……、でも大丈夫、きっと緊張していたのかもしれないわ」

「母はのんびりやさんでやさしい女性《ひと》ですから、僕達が結婚しても一般に言われているような嫁姑の確執なんていうのは、ちょっと考えられないな。もっとも、現実にはどうなるのか、僕自身も想像はつかないですが……」

「余り脅かさないで、今日初めてお会いしたばかりなのに……」

恭介に言葉を返しながらも、麻子の心は重かった。

窓外に眼を移すと、さっきよりも激しく雪が舞っていた。麻子の脳裡に、信彦の顔が浮かんでは消えていった。

ほどなく、タクシーは瑞泉寺に到着した。タクシーを降りると、風と雪とが一体となって、まるで二人を包み込むかのように舞っていた。

瑞泉寺の庭木も短く刈り込まれ、降りしきる雪の下で訪れる春をじっと待っているかのように、麻子の眼には映った。

「やあやあ、待ち侘びたぞ。よく来たな」

道琢は相変わらず豪快で屈託のない様子で、茶室に通じる木戸の前で二人を迎えてくれた。

「お久しぶりです」

二人は道琢に会釈をした。

「さあさあ、挨拶などどうでもよいわ。大切な女性《ひと》に風邪をひかせたら大変じゃ、早うこちらへ」

道琢は急き立てるように、二人を茶室に招き入れた。

一歩茶室に足を踏み入れると、湿り気のある暖かい空気が全身を優しく包み込んでくれた。今日は茶室に入るのはこれで二度目だが、麻子の内では全く違ったものに思えた。最初の時は、やはり緊張していたのだろう。同じような空気の中にも、肌で感じるなんともいえぬ安堵感がここにはあった。

懐かしい匂いがした。

「麻子さん、お疲れになったじゃろう」

「ええ、少し」

「もう少し待ってくだされ、今旨い茶をいれますからな」

「相変わらずだな、和尚はいつも女性には優しいんだから、僕なんか蚊帳の外ですね」

「その通りじゃ、こんな美しい女性《ひと》をお前はいつも一人占めしとるんじゃ、たまには、わしにもサービスさせてくれ、ワッハッハ……」

道琢は豪快な笑い声をたてながら、見事な手付きで茶を点てている。

「ところで恭介、両親は息災かな」

「ええ、元気です。また改めてお伺いすると言っておりました」

「そうか、元気ならば結構なことじゃ。またいつか二人で旨い酒でも酌み交わすのを楽しみにしていると、親父殿に伝えてくれ」

「はい、伝えておきます」

釜からたちこめる湯気と共にしゅんしゅんと、小気味よい湯音だけが通りすぎていく。茶室の中を静かな時が流れていった。

「ところで、式はいつ頃の予定じゃ。もちろん、わしも招待してくれるんじゃろうな」

「えっ、どうして、まだそこまでは……」

「わしに隠し事は無用じゃ、こうなることは、ここで初めてお前と麻子さんが出会った時からわかっていたことじゃ」

そう言いながらも、何事もなくすぎてゆく運命の悪戯に道琢は内心、穏やかでなかった。だが道琢が予感しているように、はっきりとは確信できないが、信彦もまた、同じ思いでいるに違いないと……。

道琢のたっての所望で、麻子は余り慣れぬ手付きで茶を点てた。やはり、美しい女性に点てて貰った茶は最高じゃと、道琢は満足気だった。

「ところで、今日これからの予定は……」

「いえ別に、特にはなにも」

と恭介は答えた。

「そうか、それならこの年寄りの晩飯に付き合ってくださらんか。どうじゃな麻子さん」

「よろしいのでしょうか、ご迷惑でなければ喜んで」

「いやいや、迷惑どころか、今日の晩飯は格別うまくなりそうじゃわい。恭介もいいな」

と念を押し、恭介の返事もそこそこに店に予約をいれると言って、道琢は茶室から出ていった。恭介はそんな道琢の後ろ姿を眼で追いながら……、

「あれはまるで台風だな。大丈夫ですか、麻子さん。疲れませんか」

「大丈夫ですわ。今日中に帰ればよいのですから……」

麻子は恭介の厚い胸に寄りかかるように背をもたせ、眼を閉じた。恭介の腕に力がこもった。麻子は恭介の腕の中で、ひとときの幸福感をかみしめていた。

——道琢が案内してくれた店は、奥行のある落ち着いた雰囲気が感じられる造りだった。店内は殆どが黒で統一されていたが、それがかえって客に清潔感を与え、出される料理や器ともよく調和していた。

地酒と新鮮な魚料理が、売りもののようだ。道琢は馴染みの客らしい。

店主が適当に見繕って出してくれる料理はどれも美味しい。中でも脂がよくのった寒鰤の焼き物は絶品で辛口の地酒とよく合って、三人とも結構、食も進み話題も盛り上がって、賑やかな夕食の宴となった。

外に出ると、ひんやりとした空気がほてった身体を心地よくしてくれる。

道琢の丁重なもてなしに礼を述べ、二人はタクシーで京都駅に向かった。

列車の発車まで、暫く間があったので構内の喫茶店に入った。椅子に腰を下ろし、珈琲を注文すると麻子は急に全身に気怠さを感じた。

「少し疲れましたか」

「ええ、少し御酒を頂きすぎたみたい。でも大丈夫ですわ。心地よい疲れですから、珈琲を飲めばすっきりすると思います。恭介さんは……」

「僕は台風和尚には馴れてます。いつものことですから……」

一方、自宅に戻った信彦と稜子は軽い夕食を取り、それぞれ早々と自分の部屋に引き揚げた。

信彦に自身の狼狽ぶりを悟られまいと懸命に取り繕っていた稜子だったが、一人になった途端今まで緊張していた糸がプツンと切れたというか、まるで糸の切れた凧が、ふわふわと風に流されるように、自分自身の収拾がつかなくなっていた。ただ、今感じられることは、余りにも重すぎる三十数年前の出来事だった。

——あの日、雨が降らなかったら……。

その日、稜子は鎌倉の友人宅を訪ねた帰り道の途中、急に降り出した雨に、俄か雨だからすぐ止むだろうと雨宿りのつもりで喫茶店に入ったが、雨は止むどころか段々、ひどくなりやがて本降りになった。いつ止むともしれぬ雨を眺めている内に稜子はふと、父親から頼まれていた用を思い出した。

たしか、信彦が住んでいる所はここからそんなに遠くはない筈だと、通りでタクシーを拾い行き先を運転手に告げると、車はすぐ走りだした。信彦はいるだろうか。いきなり訪ねていったらきっとびっくりするに違いない。稜子の心は弾んでいた。

時折、強い風で大粒の雨がフロントガラスを叩きつけている。

五分も走っただろうか、親切な運転手で狭い道をくねくねと曲がり、信彦の家のすぐ近くまで行ってくれた。

稜子は狭い路地の奥に、沢木と書かれた表札をみつけた。少し胸をわくわくさせながら、呼び鈴を押すと中から若い女性の声がした。暫くすると、稜子と同じ年格好の女性が顔をだした。

これが文江との最初の出会いだった。

稜子は一瞬、家を間違えたのではという錯覚にとらわれたが、一応、尋ねるだけはと思い信彦の名を告げると、どうやらあっていたらしく座敷に通された。

部屋の中はきちんとしていて、その端々からは甘い生活の匂いが感じられた。思いがけない出来事にショックを受けたのも事実だったが、それ以上に文江に対する嫉妬心で稜子の胸の内は掻き乱されていた。折しも信彦が取材で海外に出掛け留守中の出来事だった。稜子は暗闇の中で収拾のつかなくなった心の糸を、少しずつ手繰り寄せては繋いでいった。おぼろげながらも、稜子の内でもう答えはでていた。

稜子は暫くの間、身じろぎもせず一点を見つめていた。――何かを決心した様子だった。静寂の中で夜は更けて、長い一日が終わろうとしていた。


何気なくふっと感じられる春の息吹が、信彦の疲れた身体を癒してくれる。京都の大学での最後の講義を終え、今、信彦は道琢の許に向かっていた。多分、道琢と語り合い酒を酌み交わすであろうことも、今日が最後になるだろう。

信彦は車の座席に深々と身を任せ、互いに何もかも知り尽くした四十数年来の友に、深い感謝の念とそして惜別の思いとが同時に心の中を交錯していた。

過日、医師の松村から入院を勧められたが、頑として受け付けなかったのは、信彦自身、自分に与えられた時間が余り長くないことを感じとっていたからだった。

窓外に眼を移すと、いつも見慣れた風景が今日はことの外、新鮮に信彦の眼に映ったのは心の迷いを拭い去ったせいなのだろうか。

ほどなく車は瑞泉寺についた。

門を潜ると、新芽を出した庭木達がいっせいに信彦を歓迎してくれた。

「早かったな」

いつもの声が、茶室の方から聞こえてきた。

「久し振りに、一服どうじゃ」

「ああ、いいな」

釜から立ち上《のぼ》る湯気の湿り気と少し濃いめの茶が、信彦をほっとさせていた。

「忙しくしてるのか」

「ああ、大学での講義、今日で終わりにしたよ」

「……そうか」

「なあ道琢坊、お前に話があるんだ」

「なんだ急に改まって、気味が悪いな」

「多分、お前とこうして話す機会はこれで最後になるだろう。実は松村から、引導を渡されていたんだ。俺、肺癌でもう長くないらしい」

「肺癌!! 馬鹿いうな、……本当なのか」

「ああ、そうらしい」

「一体、いつのことだ」

「去年の九月だ。風邪だと思って放っておいたんだが、余り咳が長く続いたので診て貰ったら、もう手遅れだといわれた。……後一年もてばと……」

——やはり、あの時言ったことは冗談ではなかったのだ。昨年、信彦が瑞泉寺を訪れた時……。

「そろそろ死仕度をする年になったと……」

酒の上での悪い冗談だと思ったが、少し気になっていた。まさか、現実になろうとは……。

道琢は信彦に対して、適当な言葉がみつからなかった。静寂の中で、しゅんしゅんと釜の湯音だけが小気味よいリズムを刻んでいた。

卓上にはいつも通り、道琢の心配りの行き届いた料理が並んでいた。

「なあ、道琢坊」

「なんだ」

「今夜は俺の最期の晩餐だ。長い間、色々と世話になった。俺はしめっぽいのは嫌いだ、今夜は大いに飲むぞ」

「ああ、今夜は夜通し付き合うぞ」

二人はゆっくりと、何かを申し合わせるかのように盃を重ねていった。

阿吽の呼吸というよりは、阿吽の酒盛りが、明け方近くまで続いた。二人ともしたたかに酔った。

信彦が目を覚ましたのは昼前だった。

「よく眠れたか」

「ああ、久し振りにぐっすりと……」

道琢が酔いざましだといって、梅干しと熱い煎茶を出してくれた。庭木の新芽が昨日より、一段と鮮やかに見えた。

「道琢坊、色々世話になった。息災でな。俗世間の諸々の悩みは、俺が一緒にあの世に持っていくつもりだ。後はよろしくな……」

信彦はそう言い残し、瑞泉寺を後にした。道琢は信彦の後ろ姿に、ある種のいさぎよさを感じていた。信彦の姿が消えた後も、道琢は暫くその場を動こうとはしなかった。

陽光がいっせいに庭木を照らしていた。

丘陵地の桜が、今年もまた固い蕾をつけ始め、水音や華やいだ空気の中にも春の訪れが感じられた。

麻子は今年もまた、花見に訪れる馴染みの客に案内状を認めていた手をふと休め、信彦や道琢に案内状を出そうかどうしようかと迷っていた。別段、案内状を出したからといって、相手方の都合もあるのだから必ずしも来るとは限らない。そう思いながらも、なぜか麻子は躊躇していた。

多分、滝乃のことが心のどこかにひっかかっていたのかもしれない。

それに麻子自身の内にも信彦に対して、否定し難いものがあったからだ。このまま、恭介と一緒になることが出来るのだろうか、はっきりさせなければならないことが……。

いつか滝乃が口にしたことが、事実だとしたら……。麻子の内で、その事がずうっと尾を引いていた。

たぐり寄せて解ける糸ならば、そう思いながら、もう一方では否定している自分がいた。

縁側に出てみると、この間までは信じられないような柔らかい陽射しが辺りを包みこむように照らしている。

茫洋とした思いで、麻子は何を見るでもなくただ庭を眺めながら、やはり今年は二人には案内状を出すのはよそうと思っていた。

じとじととした雨が三日程降り続き、気分が滅入りそうになる。

信彦は稜子に悟られないように、少しずつ身の回りの整理を始めていた。

何故か不思議な気がする。

今迄、ずうっと胸の奥深くに眠っていたものが、時々、ふっと涌き上がってくるような衝動に駆られる。

近頃、文江と暮らした鎌倉の光景がしばしば夢の中に現れる。何故なのか、自分にもよくわからないが、やはり麻子を通して文江に辿りつくのだろうか。稜子との生活はゆるやかな流れのように平凡なものであったが、それなりに幸せなものだった。

文江はどんな思いで麻子を産み、我が子の成長を見ることもなく逝ってしまったのだろうか。何かに対する激しい気持ちとぶつかり合いながら、短い時を生きたのだろうか。

今迄、ずうっと閉めてあった文江という重い心の扉を垣間みたのは、心なしか気弱になっている自分を見たような気がしないでもない。書斎に射し込んでくる薄陽が、少し小さくなった信彦を映しだしていた。

今年もまた丘陵地の桜が見事なパノラマを描き出している。自然の営みを感じさせてくれる瞬間が、そこにはあった。

だが、そんな自然の移ろいを季節ごとに感じ、心和ませる人々はどれ位いるのだろうか。日々、雑事に追われ何気なく通りすぎてゆくことの方が多いのではないだろうか。

麻子自身も数年前までは、そうだったのかもしれない。恭介と出会ったことで、何かが自分の内で少しずつ変化していった。

麻子はふと、いつか客が言っていた事を思い出した。

毎年、同じ枝に一緒の花が咲くとは限らないのに、いつ見ても一緒のような気がする。どうしてなのだろうと……。

麻子はその問い掛けに対して「さあ」としか、返答できなかったが、今思えば、あの客は自分の内《なか》で何かを探していたのではないだろうか。それ以来、その客は「篠井」に訪れることはなかったが、なぜか客の言葉が心の片隅に残っていた。

仕事で二ヶ月近く家を空けていた恭介は、その日久し振りに家にいた。麻子とは二月以来、会っていない。仕事先から二、三度電話で話したきりだった。多分今頃は忙しい時期だろうから、今夜にでも電話してみようと思っていた。

前々から読みたい本があったので、信彦の書斎を覗いてみたが信彦の姿はなかった。恭介は書斎に足を踏み入れて、おやっと思った。なぜか、いつもと違う空気が書斎の中に漂っているような気がしたからである。書斎は綺麗に片付けられていた。以前はあちこちに、適当に書物や他の物が置かれていたのに……。

余り綺麗に片付けられた書斎は、居心地が悪く恭介には落ち着けなかった。目的の書物を棚から取り出すと、早々と二階の自室に戻った。

柔らかい陽射しが辺りを照らしている。

恭介はドアをノックする音で目が覚めた。どうやらベッドで横になって本を読んでいる内に眠ってしまったらしい。ドアの向こうから顔を覗かせたのは、稜子だった。

「なんだ母さんか、何か用？」

「ええ、ちょっと、これから何か予定ある？」

「いいや別に、どうして」

「実は、貴方に話したいことがあるんだけど」

「僕に……？」

「お茶、入れておくから、あとで居間に来てくれる？」

「ああ、すぐ行くよ」

庭の白木蓮が一斉に花を咲かせ、柔らかな陽光が辺りを照らしている穏やかな昼下がりのことだった。

稜子が入れてくれた茶を一口含むと、少しの渋味とまろやかさの入り混じった味が口の中に広がっていった。向かいの席に座っている稜子の顔が、少し強張っているように見えるのは、気のせいなのだろうか。

稜子は一通の封書を、恭介の前に差し出した。暫く、二人の間に緊張した時が流れていった。

やがて、稜子は静かな口調で語りだした。

「――もう三十数年も前のことになるわ。貴方がまだこの世に存在していない頃のこと。私は一人の男性を愛していたの、将来は彼の奥さんになるのを夢みて、そして父も――貴方のお祖父さまよ。それを信じて疑わなかった。

あれは、鎌倉の友人を訪ねた時のことだった。急に降り出した雨のせいも、あったのかもしれない。雨宿りのつもりで喫茶店に入ったのだけれど、雨は激しくなるばかりでいっこうに止みそうな気配がなかった。どうしようかなと、思いあぐねていた時、以前、父から頼まれていた彼への用を思い出したの。丁度、よい機会だと思い私はその喫茶店から、そう遠くはない彼の家を訪ねたの。あいにく、彼は仕事で海外に出掛けて留守だったわ。その時、応対に出てきた女性《ひと》は彼と生活を共にしているらしいことは、部屋の雰囲気などからすぐにわかったわ。綺麗な女性だった。私は強いショックを受けて、頭の中が真っ白になり、家までどのようにして帰ったのか、覚えてないわ。でも、私はどうしても、彼を諦められなかったの。

——数日後、私は再びその女性に会って、前後の見境もなく彼の子を妊娠していると、告げてしまったの。その時の悲しそうな眼をしていた女性の顔を、今でもはっきりと覚えているわ。やがて、その女性が彼の許を去っていったことも……。そして、彼はその後も、その女性の消息を随分、あちこち尋ねまわったらしいことも……。

それから、数年後にその男性と私の間に一人の男の子が誕生した、それが貴方。そして、私の心無い嘘の為に彼の許を去って行った女性は……、そう、今の麻子さんと瓜ふたつと言っていい位、母親の文江さんだった。その時、文江さんはまだ自分の胎内に、彼の子を身籠もっていることに気付いてなかったの。

その調査書類にもあるように、それから八ヶ月後に麻子さんが誕生しているわ。

…だから、麻子さんと貴方は……」

「えっ、そんな、馬鹿な……信じられない」

恭介は絶句したまま、呆然としていた。

「どうか母さんを許して、貴方から篠井麻子という名を聞かされた時から、もしかしてという予感がしていたの。こんな形で貴方や麻子さんを不幸にしてしまうなんて……。天罰だわ、きっと三十数年前の罰が下ったのよ。

私の嘘によって、周りの人達に悲しい思いをさせてしまって、なんて愚かなことを……、あの時はどうかしていたのよ、でも、信彦を誰にもとられたくなかったの、愛していたの」

恭介はとり乱している母親を、放心したようにただ呆然と見ていた。

その頃、信彦は麻子の許へ向かっていた。列車に揺られながら、日に日に迫り来る体力の衰えを感じながら、もう引き返すことの出来ない過去に向かって、何かを問いかけてみたい。いや、出来る事なら問い詰めてみたい衝動に駆られていた。

信彦の脳裡に文江と麻子が交互に現れ、やがてそれが一つに重なった。

昨夜遅くの信彦からの電話に、麻子は何かを感じていた。

突然の来訪を告げてきた信彦への、もしやという疑念が麻子の内で大きく膨らんで破裂寸前のところまできていたが、まさかという否定の念が麻子の内で一縷の望みを繋いでいた。そんな互いの想いなど知らぬ気に、丘陵地の桜は今にもしなだれそうになるくらい花を開かせ、美しさを競い合っていた。

その夜、恭介は居間のテーブルにメモを残し家を出た。

時折、眼に触れる夜桜がやけに恭介の目にしみた。

遠い日の信彦のように、今、恭介にも長い心の旅が始まろうとしていた。まだ冷気が残っている風と共に、恭介の姿は暗い夜の闇に吸い込まれていった。

稜子もまた、灯りを点けることさえままならず、ただ茫然と暗闇を見つめていた。

――信彦の前に一年前と変わらぬ光景が広がっていた。桜のトンネルも深緑の林もそのままだったが、時の移ろいだけが容赦なく信彦や周囲の人々を変えようとしていた。

信彦を出迎えた麻子は、薄紫地に胸元から裾にかけて描かれた白い小花の紋様の和服に、臙脂に扇の刺繡を施した帯を締めていた。

信彦の眼には一年前、初めて麻子と会った時と同じように麻子を通して、文江が映っていた。

京都で信彦と会ってからまだ二ヶ月も経っていない筈なのに、麻子には信彦が少し小さくなったように感じられた。

京都でのもてなしの礼を述べ、部屋に案内した。

信彦はゆったりと湯につかり部屋に戻ると、冷蔵庫からビールを取り出し、グラスに注ぐと一気に飲み干した。心地よい冷たさが喉元を通りすぎていった。不思議とビール独特の苦味は感じられなかった。やはり疲れているのだろうか。夕食まではまだ間がありそうなので、一眠りしようと横になった。

開け放たれた窓の外からは、風と共に甘い春の香りと、花見客であろう賑やかな騒めきが聞こえてくる。

やがて、信彦は心地よい眠りにおちていった。

その夜、緋毛氈の上では、最期の晩餐の宴にふさわしく演出されたような心尽くしの料理が灯りの中で映えていた。

信彦と麻子が座っているその場所だけが、周囲から隔離されたような雰囲気を醸し出している。時折、はらはらと舞い落ちてくる花弁《びら》が盃の中で揺れていた。

信彦自身、自分でも驚くほど落ち着き払っていた。箸を休めることなく料理を口に運び、噛み締めるように味わっていた。これから押し寄せてくるかもしれぬ津波の前の静けさのようなものが、そうさせているのかもしれない。

「ところで、お祖母さまはいくつになられるのかな」

「はい、もうすぐ七十八歳になります」

「もうそんなに、とてもそんな風には見えないが……」

「気丈な人ですから……、本人はまだまだ若い人達には負けられないと思っているようです」

「ほう、それが案外お祖母さまの若さの秘訣なのかもしれない」

「そうだといいのですが……」

時折、そよそよと吹いていた風が急に止んだ。

「麻子さん、その辺を少し歩きませんか、……よろしいかな」

「はい、お供します」

二人は肩を並べ、ゆっくりとした歩幅で歩いた。辺りの賑わいが俄かに麻子の耳に飛び込んできた。

丘陵地の中程まで来て、急に信彦が立ち止まった。

「麻子さん」

「……」

「酷な言い方をするようだが、恭介とのことは諦めてくださらんか」

「えっ、どうして……」

と、言いかけて麻子は信彦の眼を覗きこんだ。

麻子の内でやはりと、どうしてという思いが交錯していた。じっと見つめる麻子に、信彦の眼が頷いていた。その瞬間、麻子は信彦の胸の中に抱きすくめられていた。

「もっと早くに告げるべきだった……恨むなら私を恨んでくれ」

信彦にはそれ以上の言葉はみつからなかった。二人は暫くその場を動こうとはしなかった。薄灯りの中で、二人のシルエットだけが微かに揺らいでいた。

いくすじもの涙が麻子の頬を伝い流れ落ちた。いつのまにか、吹きだした風に誘われるように、花びらが二人の上に降り注いだ。

――灯りの向こうに、遠い闇だけが待っていた。

麻子にもまた、長い心の旅が始まろうとしていた。


その夜、信彦は眠れそうになかった。少しでも眠らなければと枕元の灯りを消してはみたものの、身体の気怠さと相反して頭の中は冴えていた。

愛おしいものを強く腕の中に抱きしめたのは、信彦が麻子にしてやれた最初で最後の愛の証だったのかもしれない。

暗闇をじっと見据える信彦の脳裡に恭介と麻子が交互に現れ、やがて重なり信彦の上に伸し掛かってきた。だが、一方ではこれでよかったのだという安堵感が過っていった。

過日、滝乃から写真の青年が文江の消息を尋ねてきたと聞かされた時、麻子の内《なか》でもしやという疑念が今、こんな形で告げられようとは……。その現実だけが、麻子の内でのたうちまわっていた。狂おしいまでの恭介への思いと、もうどうすることもできぬ大きな力が麻子を苛んでいた。

昨夜遅くから降り出した雨が、眠れぬまま夜を明かした麻子の耳に、風雨となって時折、激しく窓を叩いているのが聞こえる。

悲しさを通り越して涙を出すことさえ許されぬ、もう一人の自分がそこにいた。

窓を開けてみると、白みかけた景色の中に昨夜の光景は見当たらなかった。丘陵地の桜は叩きつけてくる風雨に打ちひしがれ、枝と枝とがぶつかり合って音を立てている。風と共に雨粒が麻子の頬を叩きつけた。

その朝早く、信彦は「篠井」を後にした。麻子は信彦を見送ることができなかった。昨夜来の風雨で一変した丘陵地の桜の下で、うたかたの夢の名残を惜しむかのように佇んでいた。

——眠れぬ夜が続いた。何度電話機を握りしめたことだろう。だが、もう一人の自分がそれを制止した。

——恭介から連絡はなかった。悶々とした辛い日々が過ぎていった。

TVニュースから信彦の訃報を知らされたのは、六月も半ばにさしかかったある日のことだった。

驚きと同時に余りにも突然の死に、麻子の頭の中は混乱していた。

恭介もまた、旅先で信彦の訃報を知った。

急に自宅で倒れ、病院で一時意識を取り戻したものの、翌昼すぎ稜子と、急遽京都から駆けつけた道琢に見守られ静かに逝ったと聞かされた。

今思えば、あの時、書斎がすっかり整理されていたのも、この時を迎える為の準備だったのだと恭介は思い当たった。

——すっかり深緑で覆われた丘陵地の一角で、麻子は文江の位牌と共に信彦を偲んでいた。

「母さん、これからは大好きだった人と……、ずうっと一緒よ」

と、麻子は心の中で呟いていた。

余りにも早すぎる信彦の死であった。


梅雨の合間をぬって太陽が雲間から顔を覗かせ、瑞泉寺の庭の片隅では、まだ水滴を含んだ紫陽花が重そうに頭をもたげている。

信彦の死後、一段落した恭介は道琢の許を訪れていた。この場所に立つと、麻子との色々なことが思い出された。ここで、初めて言葉を交わした時の麻子の鮮やかな姿が蘇る。

束の間、麻子との思慕にふけっていた恭介を呼ぶ道琢の声が、茶室の方から聞こえてきた。以前、訪れた時と何も変わらぬ茶室の一角に、淡紅色のあざみがひっそりと活けられていた。ひとしきり道琢と共に信彦を偲び、恭介は瑞泉寺を後にした。

別れ際に道琢から、最後に信彦が瑞泉寺を訪れた時、俗世間の悩みはあの世に一緒に持っていくと言っていたと聞かされた。

恭介は信彦からのメッセージを受け取ったような気がした。

少し西に傾きかけた陽の光が恭介の肩に降り注いでいた。

——風鈴の音色が、はかない恋の終わりを告げようとしている。

時折、涼風が流れる木立の中を恭介と麻子は歩いていた。二人の間に、暫く沈黙が流れた。歩幅が少し早くなった恭介の後を追うように、麻子は恭介の背にすがりついた。こらえていた涙が溢れでた。

「お願い、もう一度私を抱きしめて」

「……」

恭介の腕の中で、子供のように泣きじゃくる麻子を労るように、恭介は言った。

「貴女と偶然出会った日のことや、楽しく過ごした日々を僕は忘れない……」

後は言葉にならなかった。

——名残を惜しむかのように、どこかでつくつくぼうしが鳴いている。遠ざかる恭介の後ろ姿に信彦が重なった。

（完）

著者プロフィール
冬木 透子（ふゆき とおこ）
1948年三重県生まれ。
病院・診療所勤務を経た後、同人誌・タウン誌等に作品を発表。
1984年第4回 カネボウ・ミセス童話大賞優秀賞受賞。

夏の終わりに

2002年6月15日　初版第1刷発行

著　者　冬木 透子
発行者　瓜谷 綱延
発行所　株式会社文芸社
〒160-0022 東京都新宿区新宿1-10-1
電話 03-5369-3060（編集）
03-5369-2299（販売）
振替 00190-8-728265

印刷所　株式会社平河工業社

ISBN4-8355-3881-1　C0093